# Daniel's Mystery Egg

# El misterioso huevo de Daniel

Alma Flor Ada

Illustrated by/Ilustrado por

G. Brian Karas

**Green Light Readers/Colección Luz Verde**
**Harcourt, Inc.**
Orlando Austin New York San Diego Toronto London

Daniel found a surprise.
It was a small white egg.
He put it in a little box.

Daniel se encontró una sorpresa.
Era un pequeño huevo blanco.
Lo puso en una cajita.

Daniel ran to tell Alex.
"Look! This is the best egg ever!
What could it be?"

Daniel corrió a decirle a Alex:
—¡Mira! ¡Es un huevo fantástico!
¿Qué animal saldrá de aquí?

"Maybe it will be an ostrich with a long neck!" said Alex.

—¡A lo mejor será un avestruz con un cuello larguísimo!— dijo Alex.

"You can take it to school for show-and-tell.
I can help you."

—Y podrás llevarlo a la clase para que todos lo
vean. Yo te ayudaré.

"I won't need help," said Daniel.
"I think a small animal will come out of this egg."

—No necesitaré ayuda—dijo Daniel.
—Creo que será un animal pequeño.

Next, Meg came to look.
"Daniel found this egg," said Alex.
"What could it be?"

Luego, Margarita vino a mirar.
—Daniel se encontró un huevo—dijo Alex.
—¿Qué animal saldrá de aquí?

"Maybe it will be an alligator with big teeth!" said Meg.

—¡A lo mejor un cocodrilo con dientes enormes!— dijo Margarita.

"Alligators are not good pets.
Maybe you will have to move out of your house.
You can all move in with me!"

—Los cocodrilos no son buenas mascotas.
A lo mejor tendrán que mudarse de casa.
¡Pueden venir a vivir a la mía!

"We won't need to move," said Daniel.
"I think a nice animal will come out of this egg."

—No nos tendremos que mudar—dijo Daniel.
—Creo que será un animal simpático.

Next, Tammy came to look.
"Daniel found an egg!" said Meg.
"What could it be?"

Entonces, Teresa vino a mirar.
—Daniel se encontró un huevo—dijo Margarita.
—¿Qué animal saldrá de aquí?

"Maybe it will be a duck that quacks all the time!" said Tammy.

—¡A lo mejor un pato que dice "cuac, cuac" todo el tiempo!—dijo Teresa.

"Your house will be very noisy.
You will have to teach the duck to quack softly.
I can help you."

—Va a ser imposible vivir en tu casa con tanto ruido.
Tendrás que enseñarle a hacer "cuac" muy bajito.
Yo te ayudaré.

"I don't think the house will be noisy," said Daniel.
"I think a quiet animal will come out of this egg."

—No creo que vaya a haber tanto ruido en mi casa—
dijo Daniel.
—Creo que será un animal silencioso.

"Well, Daniel," said Alex, "what will this small, nice, quiet animal be?"
"We'll have to wait and see," said Daniel.

—Bueno, Daniel—dijo Alex—¿y cuál va a ser este animal pequeño, simpático y silencioso?
—Tendremos que esperar para saberlo—dijo Daniel.

So they waited, and waited, and waited....

Así que esperaron, y esperaron, y esperaron....

And then…

Y por fin…

One day the egg hatched!

¡Un día algo salió del huevo!

"It doesn't have a long neck," said Alex.
"It doesn't have big teeth," said Meg.
"It doesn't have a noisy quack," said Tammy.

—No tiene un cuello largo—dijo Alex.
—No tiene dientes enormes—dijo Margarita.
—No hace "cuac, cuac"—dijo Teresa.

"No," said Daniel. "But it IS small, nice, and quiet.
It's the best lizard ever!"

—No—dijo Daniel. —Pero ES pequeña, simpática
y silenciosa. ¡La mejor lagartija del mundo!

# Guess the Animal!

**Daniel's lizard was a big surprise.
Write a riddle about another animal.**

**1.** Think of an animal.

**2.** Write three clues about it.

**3.** Trade clues with a friend.

**4.** Read the clues.

It is green.

It eats bugs.

It is smaller than a book.

**5.** Try to guess the animal!

# ¡Adivina qué animal!

**La lagartija de Daniel fue una gran sorpresa.
Escribe una adivinanza sobre otro animal.**

**1.** Piensa en un animal.

**2.** Escribe tres pistas sobre el animal.

**3.** Intercambia pistas con un amigo
o una amiga.

**4.** Lean las pistas.

Es verde.

Come insectos.

Es más pequeño que un libro.

**5.** ¡Traten de adivinar de qué animal se trata!

# Meet the Author and Illustrator
# Te presentamos a la autora y al ilustrador

Alma Flor Ada learned to read out in the garden of her house. Her grandma taught her by writing the names of plants and animals in the dirt. Today she still loves to read outside. As a child, when she lived in Cuba, she used to pick lizards' eggs and keep them under the ferns in the garden. She would spend long hours waiting to see if a little lizard would come out. She never saw them come out of the eggs, but she did find the empty shells. Lizards were always born when she wasn't there! Many of her stories are about animals and nature.

Alma Flor Ada aprendió a leer en el patio de su casa. Su abuelita le enseñó escribiendo nombres de plantas y animales en la tierra. Todavía a Alma Flor le encanta leer al aire libre. De pequeña, cuando vivía en Cuba, recogía huevos de lagartija y los reunía bajo los helechos del jardín. Se pasaba largo rato esperando a ver si salía una lagartijita. Nunca las vio salir de los huevos, pero sí encontró los cascarones vacíos. ¡Las lagartijitas siempre nacían cuando ella no estaba allí! Muchos de sus libros hablan de animales y de la naturaleza.

G. Brian Karas used to live in Arizona. There he saw lots of lizards like Daniel's. Brian made the pictures for this story in an interesting way. First he glued bits of colored paper on white paper. Then he painted pictures on this background. "Sometimes I tear up my old artwork and use it in my collages," he says. "I hope you'll try making and painting collages, too. It's fun!"

G. Brian Karas vivía en Arizona. Allí vio muchas lagartijas como la de Daniel. Brian hizo los dibujos de este libro en una forma interesante. Primero pegó trozos de papel de colores sobre el papel blanco. Luego pintó los dibujos sobre este fondo. —A veces rompo mis dibujos viejos y los uso en mis "collages"—dice. —Espero que tú también disfrutes haciendo y pintando "collages." ¡Es divertido!

To Daniel, with hugs and kisses
Para Daniel, con besos y abrazos
—Abuelita

www.HarcourtBooks.com

First Green Light Readers/Colección Luz Verde edition 2007

*Green Light Readers* is a trademark of Harcourt, Inc., registered in the
United States of America and/or other jurisdictions.

Library of Congress Cataloging-in-Publication Data
Ada, Alma Flor.
[Daniel's mystery egg. Spanish & English]
Daniel's mystery egg = El misterioso huevo de Daniel/Alma Flor Ada;
illustrated by G. Brian Karas.
p.   cm.
"Green Light Readers."
Summary: When he finds an egg, Daniel and his friends try to guess what is inside.
[1. Eggs—Fiction.   2. Spanish language materials—Bilingual.]   I. Karas, G. Brian, ill.   II. Title.
III. Title: El misterioso huevo de Daniel.   IV. Series: Green Light Reader.
PZ73.A24327 2007
[E]—dc22     2006008697
ISBN 978-0-15-205966-8
ISBN 978-0-15-205971-2 (pb)

A C E G H F D B
A C E G H F D B (pb)

**Ages 5–7**
**Grades: 1–2**
**Guided Reading Level: G–1**
**Reading Recovery Level: 15–16**

## Green Light Readers
### For the reader who's ready to GO!

## Five Tips to Help Your Child Become a Great Reader

**1.** Get involved. Reading aloud to and with your child is just as important as encouraging your child to read independently.

**2.** Be curious. Ask questions about what your child is reading.

**3.** Make reading fun. Allow your child to pick books on subjects that interest her or him.

**4.** Words are everywhere—not just in books. Practice reading signs, packages, and cereal boxes with your child.

**5.** Set a good example. Make sure your child sees YOU reading.

## Why Green Light Readers Is the Best Series for Your New Reader

- Created exclusively for beginning readers by some of the biggest and brightest names in children's books

- Reinforces the reading skills your child is learning in school

- Encourages children to read—and finish—books by themselves

- Offers extra enrichment through fun, age-appropriate activities unique to each story

- Incorporates characteristics of the Reading Recovery program used by educators

- Developed with Harcourt School Publishers and credentialed educational consultants

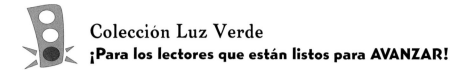

## Colección Luz Verde
### ¡Para los lectores que están listos para AVANZAR!

## Cinco sugerencias para ayudar a que su niño se vuelva un gran lector

**1.** Participe. Leerle en voz alta a su niño, o leer junto con él, es tan importante como animar al niño a leer por sí mismo.

**2.** Exprese interés. Hágale preguntas al niño sobre lo que está leyendo.

**3.** Haga que la lectura sea divertida. Permítale al niño elegir libros sobre temas que le interesen.

**4.** Hay palabras en todas partes—no sólo en los libros. Anime a su niño a practicar la lectura leyendo señales, anuncios e información, por ejemplo, en las cajas de cereales.

**5.** Dé un buen ejemplo. Asegúrese de que su niño le ve leyendo a usted.

## Por qué esta serie es la mejor para los lectores que comienzan

• Ha sido creada exclusivamente para los niños que empiezan a leer, por algunos de los más brillantes creadores importantes de libros infantiles.

• Refuerza las habilidades lectoras que su niño está aprendiendo en la escuela.

• Anima a los niños a leer libros de principio a fin, por sí solos.

• Ofrece actividades de enriquecimiento creadas para cada cuento.

• Incorpora características del programa Reading Recovery usado por educadores.

• Ha sido desarrollada por la división escolar de Harcourt y por consultores educativos acreditados.